D11O4434

LA MÉDITATION C'EST POUR MOI

UN LIVRE SUR LA PLEINE CONSCIENCE

TEXTE DE SUSAN VERDE · ILLUSTRATIONS DE PETER H. REYNOLDS

Texte français d'Isabelle Fortin

SCHOLASTIC

Pour mon père, J.L.R.
Tu seras toujours présent
ici et maintenant. - S.V.

Pour mes soeurs Jane et
Renee. - P.H.R.

Les illustrations de ce livre ont été réalisées avec de l'encre, de la gouache, de l'aquarelle et du thé.

Catalogage avant publication de Bibliothèque et Archives Canada

Verde, Susan
[I am peace. Français]
La méditation c'est pour moi : un livre sur la pleine conscience / Susan Verde ; illustrations de Peter H. Reynolds ; texte français d'Isabelle Fortin.

Traduction de: I am peace.
ISBN 978-1-4431-6968-4 (couverture rigide)

I. Reynolds, Peter H. (Peter Hamilton), 1961-, illustrateur
II. Titre. III. Titre : I am peace. Français

PZ23.V438Med 2018 j813'.6 C2018-901657-4

Publié initialement en anglais en 2017 par Abrams Books for Young Readers, une marque de Harry N. Abrams, Incorporated, New York.
TITRE ORIGINAL ANGLAIS : *I AM PEACE*

Édition publiée par les Éditions Scholastic, 604, rue King Ouest, Toronto (Ontario) M5V 1E1, avec la permission d'ABRAMS.

5 4 3 2 1 Imprimé en Malaisie 108 18 19 20 21 22

Conception graphique du livre : Chad W. Beckerman.

Parfois, je m'inquiète à propos
de ce qui pourrait arriver
ou de ce qui s'est produit.

Mes pensées sont comme
des eaux déchaînées

et j'ai l'impression d'être un bateau
à la dérive...

emporté au loin.

Alors, je m'accorde un instant... Je respire,

et je me dis que tout va bien.

Je sens la terre sous mes pieds

et je retrouve l'équilibre.

Je prends conscience de ce qui m'entoure

ici et MAINTENANT.

Mes pensées ralentissent. Mon esprit s'éclaircit.

Je suis en paix.

J'observe mes inquiétudes. Elles apparaissent, puis se dissipent.

Je lâche prise.

Je peux exprimer à voix haute ce que je ressens à l'intérieur.

Je me connais.

Je peux partager ma bonté
avec les autres.

J'offre mon aide.

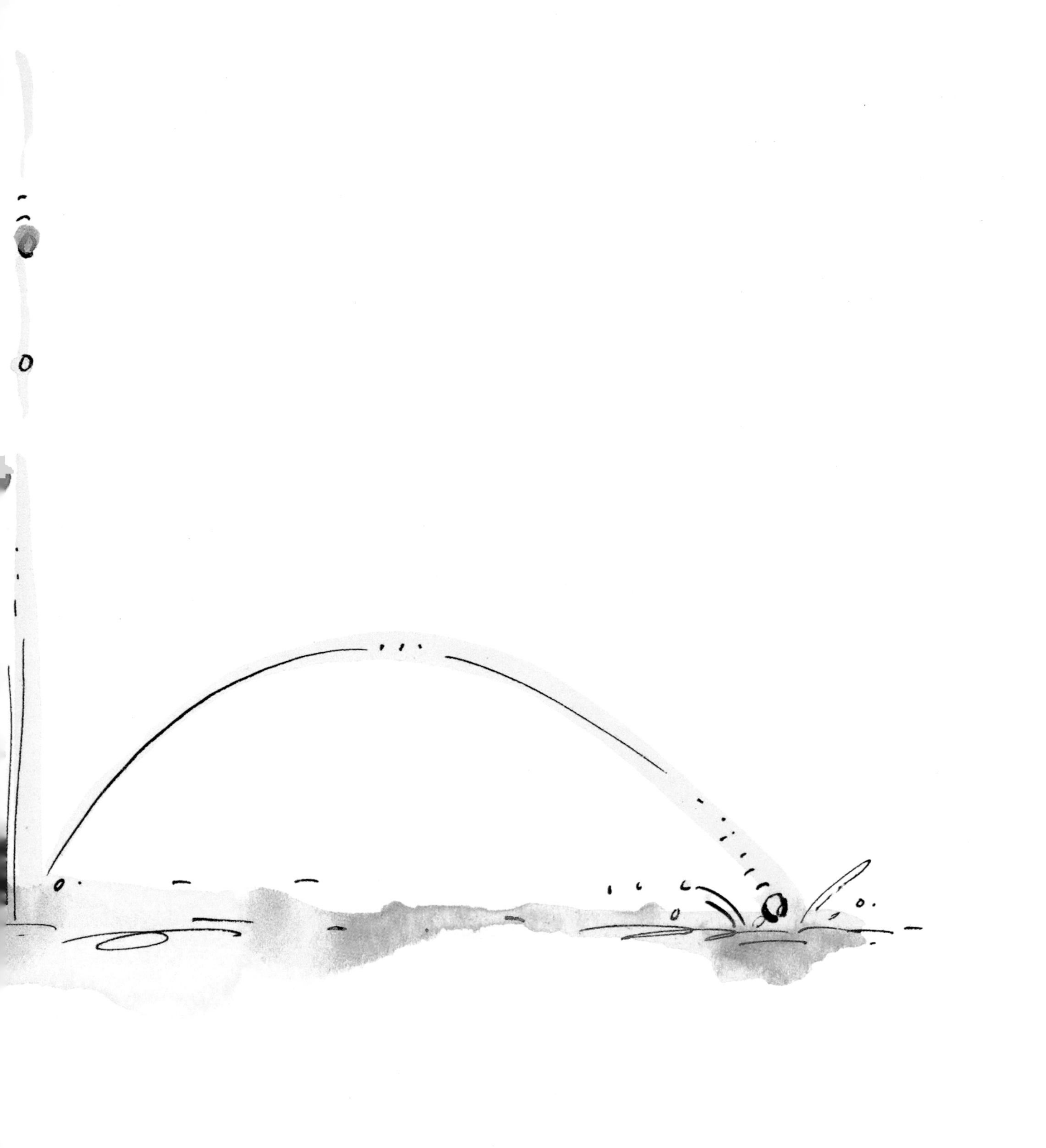

Je serre un arbre
dans mes bras et le remercie
pour sa beauté et sa force.

Je suis en harmonie
avec la nature.

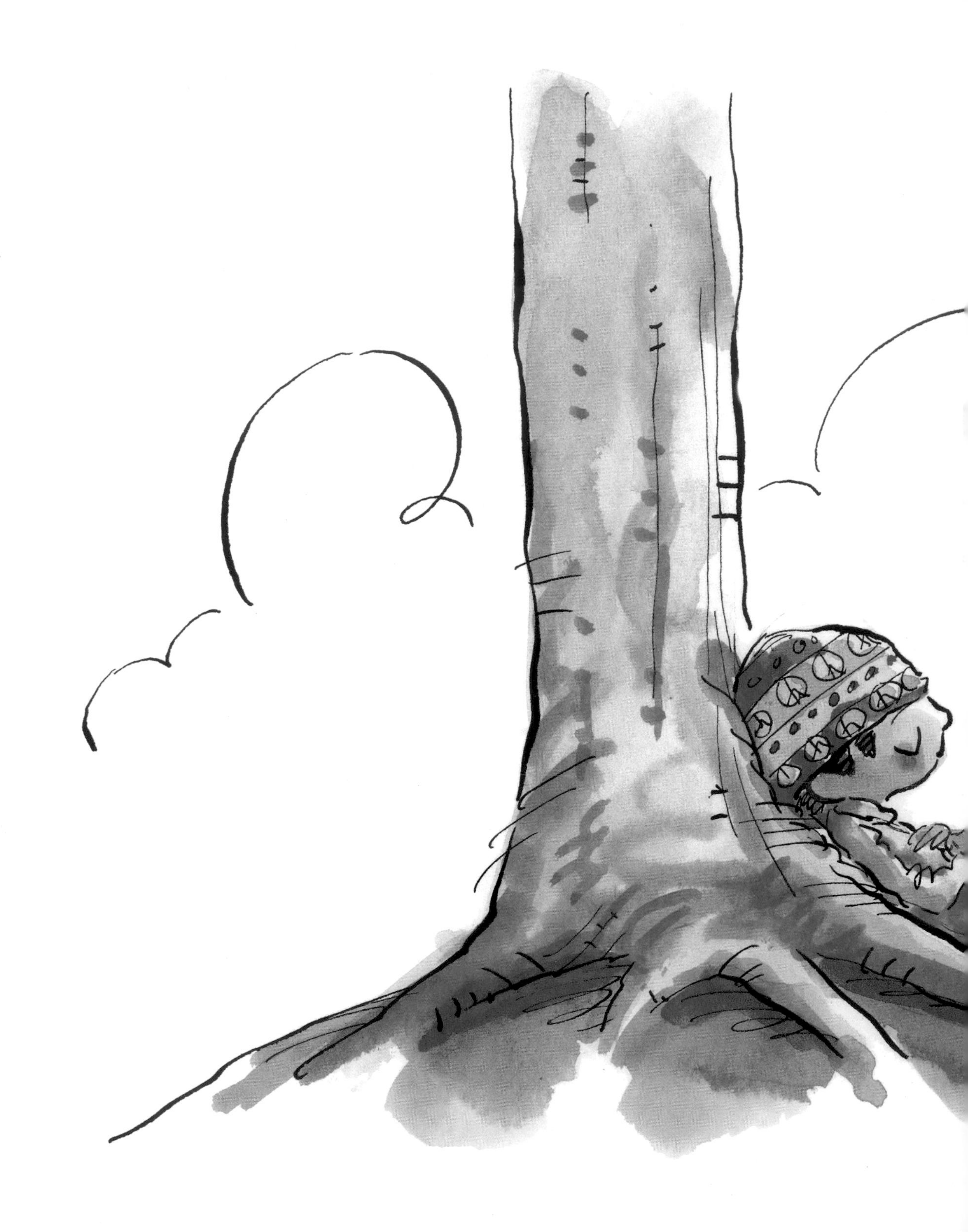

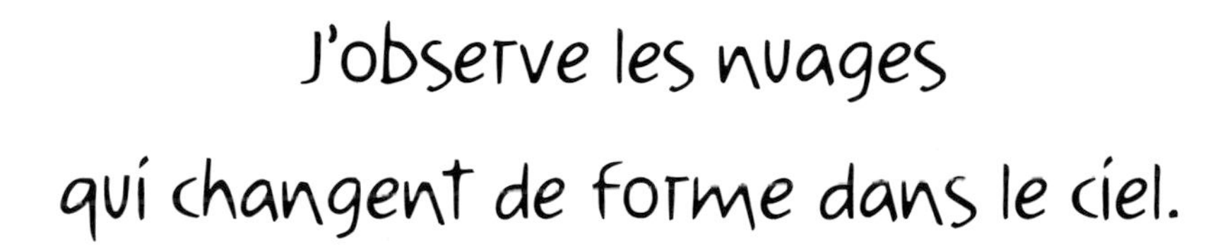

J'observe les nuages
qui changent de forme dans le ciel.

Je plonge dans l'émerveillement.

Je peux goûter, sentir,
toucher, entendre et voir
tout ce qui m'entoure.
J'utilise mes sens.

Je sens mon corps
se remplir d'air à chaque souffle.
Je suis en contact avec moi-même.

Les eaux sont maintenant apaisées.

Je suis solidement ancré,

et tout va bien.

Je n'ai pas à me soucier

du passé ou du futur.

Je vis le moment PRÉSENT.

Je suis en paix.

Je partage cette paix
avec les autres

en espérant
qu'elle parvienne
à ceux qui en ont besoin.

Et je rêve...

NOUS sommes EN PAIX.

Note de l'auteure

Les enfants évoluent dans un univers complexe. Ils doivent apprendre à faire les bons choix, à gérer leurs émotions et à être bons envers eux-mêmes et envers les autres tout en jonglant avec leurs obligations scolaires et leur vie mouvementée. La pratique de la pleine conscience peut donner aux enfants de tous âges des outils pour les aider dans la vie.

Au quotidien, nous vivons tous des moments de pleine conscience. C'est le cas quand nous fixons notre attention sur le sable qui glisse entre nos orteils ou sur le nœud qui se forme dans notre ventre lorsque nous sommes nerveux ou excités. Quand nous nous concentrons sur les paroles de la personne avec qui nous discutons ou que nous savourons lentement ce que nous mangeons, nous sommes pleinement conscients. Mais que signifie réellement ce concept et pourquoi est-il si important?

La méditation de pleine conscience, c'est se concentrer entièrement sur le moment présent, prêter soigneusement attention à ce que nous vivons (émotions, sensations dans le corps, environnement), sans jugement, mais avec bonté et curiosité. Des études montrent que la pratique de la pleine conscience procure de nombreux bienfaits. Elle aurait, entre autres, des effets positifs sur le cerveau et le corps. La pleine conscience peut nous aider à accéder aux parties du cerveau responsables de la concentration, de la prise de décision et de l'autodiscipline. Les exercices de pleine conscience permettent aux enfants non seulement d'entraîner leur « muscle de l'attention », mais aussi d'apprendre à se distancier de leurs émotions. Les enfants développent alors la capacité de choisir leur façon d'agir.

Quand nous apprenons à être pleinement dans le moment présent, nous nous comprenons mieux, nous percevons la beauté qui nous entoure et nous agissons avec bonté, compassion et empathie. Lorsque nous apprenons à nous ressaisir et à être présents, nous retrouvons le calme et la paix intérieure. Et quand nous sommes en paix, nous pouvons partager ce sentiment avec les autres. *La méditation c'est pour moi* est une réflexion sur le pouvoir de la pleine conscience dans nos vies.

Méditation guidée

Les exercices de pleine conscience sont simples et agréables. Voici une méditation que les adultes et les enfants peuvent faire ensemble pour essayer de trouver la paix intérieure.

Un des exercices de pleine conscience le plus courant consiste à se concentrer sur sa respiration. Même si nous respirons continuellement, nous ne prêtons pas nécessairement attention à la façon dont nous le faisons. La respiration consciente aide à percevoir les sensations dans le corps. La personne qui apprend à observer et à ralentir sa respiration devient généralement plus calme et mieux ancrée dans le moment présent. Elle parvient ainsi à mieux gérer les événements de la vie quotidienne.

Commencez par vous étendre ou vous asseoir confortablement. Fermez les yeux et posez doucement les mains sur votre ventre. Prenez conscience de votre respiration. Est-elle rapide ou lente? Sentez-vous votre ventre se gonfler à l'inspiration?

Levez la main et placez-la devant votre bouche. À l'expiration, soyez attentifs à l'air qui entre en contact avec votre main. Est-il chaud? Froid? Contentez-vous d'observer. Il n'y a pas de bonne ou de mauvaise réponse.

Replacez maintenant la main sur votre ventre. Si ce n'était pas déjà le cas, commencez à inspirer et à expirer par le nez. Cela vous aidera à ralentir votre respiration et à filtrer l'air qui entre dans votre corps.

Imaginez que votre ventre est comme un océan. À chaque inspiration, les vagues montent et, à chaque expiration, elles descendent. Sentez votre ventre se gonfler et se dégonfler au rythme de votre respiration.

Imaginez maintenant qu'un petit bateau navigue sur votre océan (le ventre). À quoi ressemble-t-il? Donnez-vous comme objectif de guider ce bateau vers le rivage, mais sans le faire chavirer. Pour ce faire, inspirez et expirez lentement et profondément par le nez. Créez un rythme régulier en inspirant pendant trois secondes, puis en expirant pendant la même période. Tandis que votre ventre monte et descend, continuez de guider votre bateau. Après quelques inspirations et expirations lentes et profondes, imaginez que votre bateau a atteint le rivage.

Ensuite, concentrez-vous de nouveau sur les mouvements de votre ventre pendant la respiration. Prenez conscience de la manière dont vous vous sentez. Votre respiration est-elle différente de ce qu'elle était au début de l'exercice? Percevez-vous de nouvelles sensations dans votre corps? Qu'en est-il de votre esprit? Est-il au repos ou envahi de pensées? Est-il paisible? Encore une fois, il n'y a pas de bonne ou de mauvaise réponse. Quand vous êtes prêts, ouvrez doucement les yeux. Si vous êtes allongés, mettez-vous lentement en position assise. Prononcez mentalement des paroles douces à votre égard :

Tu es merveilleux.
Tu es unique.
Tu es en paix.

Voilà, vous venez de pratiquer la pleine conscience.